QUELQUES SOUVENIRS
DU
RÈGNE DE LA COMMUNE
A PARIS

PAR UNE NEUCHATELOISE

DIACONESSE VOLONTAIRE

Se vend au profit des orphelins de Paris.

50 centimes.

LAUSANNE
IMPRIMERIE GEORGES BRIDEL
—
1871

QUELQUES SOUVENIRS

DU

RÈGNE DE LA COMMUNE

A PARIS

PAR UNE NEUCHATELOISE

DIACONESSE VOLONTAIRE

Se vend au profit des orphelins de Paris.

50 centimes.

LAUSANNE

IMPRIMERIE GEORGES BRIDEL

1871

Les détails donnés par les journaux politiques sur le sanglant épisode de la Commune de Paris, n'empêcheront pas de lire avec intérêt les lignes suivantes, tirées du journal d'une diaconnesse courageuse et dévouée. Ecrites avec simplicité, sans prétentions littéraires et sans autre passion que celle de la vérité, elles paraîtront vraiment nouvelles au plus grand nombre. L'auteur ne se propose, d'ailleurs, d'autre but que celui de venir au secours des innocentes victimes de cette affreuse guerre civile; sa brochure est donc encore une œuvre de charité, que nous sommes heureux de pouvoir recommander.

Plus tard paraîtra, probablement, un opuscule du même auteur, renfermant une autre page de son journal, écrite pendant son séjour à l'ambulance de Tours.

Sainte-Croix, octobre 1871.

J. Favre, pasteur.

QUELQUES SOUVENIRS

DU

RÈGNE DE LA COMMUNE

A PARIS

Je quittais Tours, le 18 mars, après y avoir fait un séjour de cinq mois, dans une ambulance où nous avons soigné plus de cinq cents blessés, allemands et français...

Quel déchirement de cœur, lorsque nous voyions arriver sans interruption tous ces beaux jeunes hommes mutilés et demandant souvent la mort à grands cris! Mais, au milieu de toutes ces scènes de douleur, que de bénédictions, de délivrances dont nous avons été les témoins!

Je revenais donc à Paris, le cœur plein de reconnaissance et de bons souvenirs, me réjouissant à la pensée de revoir mes amis et notre petit « home » (chez nous), abandonné depuis si longtemps! Il était minuit et demi lorsque le train entra en gare. Quelle ne fut pas ma stupéfaction en la voyant déserte! Quelques rares voitures et par ci par là, quelques hommes à l'air effaré et étonné de voir arriver des voyageurs. Je leur demande :

— Qu'y a-t-il ?

— Comment ! vous ne savez pas ? mais on va se battre !

— Et pourquoi ?

— Eh bien ! pour la liberté cette fois.

Impossible de trouver un véhicule à moins de vingt francs. Je m'acheminai à pied avec une brave femme qui, ayant voulu fuir l'invasion des Prussiens dans les environs de Paris, s'était rendue près de Tours. Là, ce fut bien autrement terrible : elle fut obligée de les servir et dut même leur donner son lit ! Et maintenant elle retombait au milieu d'une guerre civile, désespérée de ne pouvoir rentrer chez elle. Je lui offris l'hospitalité. — Quel exemple frappant de ce qui nous arrive, lorsque nous manquons de foi et de courage, tandis que nous devrions rester au poste où Dieu nous a placés ; — mais j'en reviens à notre course nocturne. Effrayée du silence de mort qui régnait dans la ville, je compris aussitôt que nous étions à la veille de quelque nouvelle catastrophe. En effet, à six heures du matin, je suis réveillée en sursaut par les cris : « Aux armes ! aux armes ! à bas les Versaillais ! » Au même instant, on commence à dépaver la rue ; les voitures sont arrêtées pour en faire des barricades. J'en vis une occupée par des messieurs qui, ne voulant pas se rendre aux injonctions de la foule, fouettèrent leur cheval qui partit comme un trait, lorsqu'un coup de feu se fit entendre et atteignit l'un d'eux ! Je frissonnai d'horreur !

A huit heures, je retournai à la gare chercher mes effets ; à grand peine je trouvai un commissionnaire ; je revenais avec lui, mais, à la Bastille, on prend mon homme et l'on confisque mes bagages au profit de la barricade. Que faire ? Heureusement j'avais sur moi une carte d'ambulance ; je la montre à celui qui me paraissait le moins furieux. Cela fit un bon effet : « Laissez donc passer tranquillement cette petite dame, dit-il, vous voyez bien qu'elle n'est pas comme les autres ! Allez, ma petite, nous ne vous ferons pas de mal. » Je dus traverser ainsi cinq barricades pour arriver jusque chez moi. Peu à peu, le drapeau rouge se montra, les têtes s'exaltèrent, une guerre à mort fut déclarée ! Et toujours soi-disant pour la liberté ! Quelle liberté, hélas !...

Ce fut un bien triste jour que celui où une bonne partie de la troupe fraternisa avec le peuple. A la Bastille, je la vis faire le tour de la Colonne, tenant des couronnes d'immortelles, au milieu d'une population immense et criant : « Vive la Commune ! vive le peuple ! » et celui-ci répondant : « Vive la troupe ! » puis tous se mettant en marche en chantant *la Marseillaise*. Dès ce moment, le règne de la Commune était établi. Les hommes décidés à ne pas marcher avec elle, et ayant les moyens de lui échapper quittèrent Paris. Une grande partie des magasins furent fermés. Nous voilà donc seuls, à la merci d'une puissance terrible ! Mais les enfants de Dieu s'assurent en cette parole : « Ne crains point, car je suis avec toi. Ne sois point éperdu, car je suis ton Dieu. »

Considérant comme un privilége de souffrir avec ceux qui souffrent, je pris la résolution, après avoir consulté M. G. M., de rester à Paris. Je fis des démarches auprès de la *Commune* pour entrer comme infirmière dans une ambulance. On me proposa l'Hôtel-Dieu, d'où il était question de renvoyer les religieuses, mais à la condition que je porterais les insignes de la Commune (qui consistaient en une écharpe rouge autour de la taille et un brassard rouge), et que je ne parlerais jamais de religion aux malades. Je refusai et me contentai de reprendre mes hôpitaux, où j'eus pleine liberté de visiter tous les blessés, catholiques ou protestants. A l'Hôtel-Dieu, qui était sous le régime communeux, tout fut bouleversé. On s'empressa d'effacer tous les noms des saints, donnés aux salles ; on fit disparaître les autels, etc., etc.

Un jour je fus dénoncée au nouveau directeur, dont j'ignore le nom. Celui-ci donna ordre au portier de m'arrêter. Cet homme, qui me connaissait depuis plusieurs années, me fit ses excuses de remplir un pareil message. Très calme à l'extérieur, quoique émue, j'allai chez le directeur, dont le ton m'indigna.

— Je voudrais bien savoir de par quelle autorité vous venez ici? me dit-il.

— Je lui montrai ma carte d'hôpital.

— Elle ne porte pas le sceau de la Commune ; elle est nulle.

— Dans ce cas, voulez-vous avoir l'obligeance, monsieur, de m'accorder votre autorisation pour visiter les blessés.

— Et dans quel but?

— Pour leur faire du bien, si possible. Je dois vous dire que je suis protestante et que je viens depuis longtemps dans cette maison visiter les malades.

Surpris, étonné de ma réponse, il se radoucit et, d'un ton plus respectueux, me dit :

— Il faut que vous veniez chaque fois me demander une permission, et je verrai si cela me convient.

— Je ne puis accepter de telles conditions, répliquai-je. Ayant joui d'une grande liberté sous l'empire, j'aime à croire qu'elle ne me sera pas retirée sous la république, surtout puisque vous proclamez *la liberté pour tous*. M'accordez-vous, oui ou non, l'autorisation de venir ici comme pour le passé?

Embarrassé, il me salua en disant :

— Allez, allez pour aujourd'hui, nous verrons plus tard !

Je ne l'ai plus vu dès lors, quoique j'aie continué mes visites.

Un jour, une détonation épouvantable jette la stupeur au milieu de nous! C'est la poudrière de Neuilly qui a sauté, faisant des centaines de victimes! Je vais visiter ces pauvres malheureux dans une ambulance de plus de 400 lits. Ici, c'est un jeune homme de dix-sept ans qui a eu les deux jambes emportées. Il me dit avec un accent déchirant : « Ma pauvre mère ; elle mourra de chagrin ! » Là, c'est un homme d'une quarantaine d'années qui va mourir seul, complétement seul. Je m'assieds auprès de lui ; je lui parle tout bas du Sauveur, de la vie éternelle ; il lève les yeux en haut en souriant, me serre la main et rend le dernier soupir !... Plus loin, c'est un jeune homme de vingt-deux ans, ayant auprès de lui une charmante petite femme avec un enfant sur les bras. Il a le délire : — « Laissez-moi : je ne veux pas me battre... Ne tuez pas, ne tuez pas mon frère !... Oh ! du sang, toujours du sang ! Toujours cette horrible mitrailleuse ! » — Une contraction affreuse change ce beau visage ; j'essaye de le calmer en lui parlant de cet heureux pays où l'on ne se battra plus. La pauvre femme sanglotte, en me racontant qu'on est venu le prendre de force chez lui, qu'il ne voulait pas marcher. Elle me dit combien ils étaient heureux ensemble !... Un moment, il reprend sa connaissance en entendant parler sa femme ; il se tourne vers elle avec un regard plein d'amour. — « Pourquoi pleures-tu ? je suis bien ! » lui dit-il. Il murmure encore : « Notre enfant ! »... et il expire ! — Je peux dire avec vérité que les deux tiers de ceux que j'ai vus de près avaient *horreur* de cette *guerre civile*. Les uns marchaient parce qu'ils y étaient contraints par les chefs ; les autres, pour gagner leur pain quotidien. La plus grande partie des ateliers étaient fermés, ils ne pouvaient vivre de l'air du temps. Mais, ce qu'il y a eu de plus affreux, c'est que pour leur donner du courage, on leur faisait boire de l'eau-de-vie dans laquelle était infusée une bonne dose de tabac. Cette boisson les rendait fous furieux, et alors ils se battaient comme des lions. Malheureusement, c'est un poison mortel pour les blessures et, lorsqu'on les apportait dans les hôpitaux, les médecins le reconnaissaient tout de suite : malgré les promptes amputations, ces pauvres gens mouraient comme des mouches ! Ce qu'il y avait de plus triste, c'est qu'ils tombaient dans un abrutissement qui rendait impossible tout entretien sérieux.

J'ai eu souvent l'occasion d'interroger ceux qui prenaient les armes de bonne volonté. Je demande à un ouvrier :

— Voyons, pourquoi vous battez-vous contre vos frères ?

— Parce que l'on veut nous mettre un roi et que nous n'en voulons pas.

Un autre :

— Pour la liberté qu'on ne veut pas nous donner ; nous en avons assez de notre esclavage.

— Qu'entendez-vous par liberté ?

— Eh bien ! c'est le droit de faire chacun ce que nous voulons. — Un autre, c'était pour les *franchises municipales*.

Et quand je lui demandai ce qu'il entendait par là :

— Ma foi ! je ne saurais pas vous expliquer ça, me répondit-il, mais je ne veux pas être gouverné par ces gueux de Versaillais qui nous ont trahis du commencement à la fin, et qui nous ont laissé manger du pain noir. Vous ne savez pas quelle vilaine bête c'est que la faim, quand ça vous ronge l'estomac ! Il ne sera pas dit qu'ils nous ont laissés mourir de faim pour rien !... etc.

L'histoire nous dira un jour ce qu'il y avait de fondé dans toutes ces récriminations.

Voulant suivre de près cette population affolée, je me rendis dans ces clubs du soir, tenus dans les églises catholiques. Quel serrement de cœur en voyant ces lieux profanés par la plus épouvantable impiété ! L'autel transformé en comptoir où l'on buvait et trinquait. Un drapeau rouge flottait au-dessus de la chaire. J'y entendis un soir une femme prononcer ces affreuses paroles :

« Vous voyez ce crucifix pendu là devant moi ? on nous dit que c'est *un Dieu*. Eh bien ! si tu es un Dieu, descend de ta croix et chasse-nous d'ici ! Tenez ! il ne bouge pas, et nous aurions encore la bêtise de croire ce que nous disent ces hommes ! A bas les prêtres ! mort aux prêtres ! » Et tous de répéter : « Mort aux prêtres ! » Une autre fois, ô douleur ! c'est un homme que je connais, qui passait pour être un chrétien, que j'ai même entendu prier dans des réunions d'édification. Le voilà qui pérore à tort et à travers sur la *liberté sociale*. Il est acclamé par la foule qui le nomme *membre délégué* de je ne sais plus quoi.

En voici un que j'ai visité nombre de fois lorsqu'il était dans l'épreuve. Intelligent, instruit, il aurait pu gagner sa vie honorablement, mais il trouvait tout naturel de vivre de la bourse des riches. Père de huit enfants, c'est surtout ces derniers qui m'intéressaient. Il fit marcher les deux aînés, âgés de quatorze et seize ans, contre Versailles, la mère se promenait dans le quartier armée d'un pistolet. Elle est devenue sans doute une pétroleuse. Le mari, le soir que je l'entendis, fit un discours sur l'infanticide qui me revolta trop pour que j'aie le courage de le reproduire ici.

Je vois encore un citoyen en blouse, montant en chaire pour lire un rapport. Le pauvre homme épelle, bégaye : impossible de lire couramment. Malgré toutes les lumières du gaz, il demande une chandelle ; mais, hélas ! il ne réussit pas mieux. Il doit enfin avouer la vérité. D'un geste désespéré, il jette au loin son papier et d'une voix hardie il commence ainsi son discours :

« Citoyens ! vous voyez en moi une victime de plus de l'ignorance où ces misérables nous ont laissés, afin de nous mieux tenir en esclavage. Le moment est venu de briser nos chaînes. Femmes qui m'écoutez ! tuez vos enfants plutôt que de les voir retomber entre leurs mains criminelles ! » Ma plume se refuse à raconter tout ce que j'entendis de paroles de haine et de vengeance. Au milieu de cette foule insensée, je répétais dans mon cœur cette parole : « Seigneur, pardonne-leur, car ils ne savent ce qu'ils font. »

C'était étrange de ne plus rencontrer un seul prêtre dans les rues, tandis que les pasteurs remplissaient paisiblement leur ministère. Je demande un jour à l'un de ces communeux :

— Pourquoi nous laissez-vous tranquilles, nous protestants ?

— Ah ! c'est que vous autres, vous vous donnez la peine d'instruire votre monde ; et puis votre religion n'est pas une religion d'argent. Vous n'enfouissez pas des trésors dans vos églises, comme le font les prêtres. Vous enterrez le pauvre aussi bien que le riche; ce n'est pas comme chez nous : si l'on n'a pas les moyens de payer la messe, on est enterré comme un chien.

Un autre ajoutait : — Oui, et quand vous allez chez les sœurs demander un secours, elles veulent savoir d'abord si vous vous confessez. Est-ce que ça les regarde, je voudrais bien savoir?

Tristes vérités qui nous ont prouvé plus que jamais dans quel abîme de misères le catholicisme fait tomber ses enfants!

Plus d'une fois je les ai entendus parler de la Suisse *protestante et libre ;* mais quelle confusion dans ces pauvres têtes exaltées! Je ne pus m'empêcher de dire à ceux qui étaient à côté de moi : « La vraie liberté n'existera chez vous comme en Suisse que lorsque vous croirez à l'Evangile, et que vous accepterez Jésus comme votre maître : en dehors de sa loi, c'est l'esclavage. » Surpris, étonnés: « Tiens! dirent-ils, voilà une petite dame qui n'a pas peur de nous. »

Un des faits qui m'attristaient le plus journellement, c'étaient les enterrements de ces malheureuses victimes, entourés des pompes de ce monde, avec tous les insignes des libres penseurs, qui se distinguent surtout par un bouquet d'immortelles à la boutonnière. (Et dire qu'ils ne croient pas à l'immortalité !).... Ces cortéges se succédaient pendant des heures entières. Toujours musique, tambours en tête; drapeaux rouges flottant sur les corbillards. Les cantinières étaient portées sur les épaules, et toujours ce besoin de paraître, même au milieu des plus terribles événements ! C'est bien un des plus tristes côtés du caractère français. Cependant jamais je n'ai éprouvé une aussi profonde compassion pour cette malheureuse nation, qui a tant souffert pendant le premier siége. Les femmes ont été héroïques, mais plus elles ont été torturées par la faim, plus nous devons tenir compte de cette circonstance dans l'appréciation des faits épouvantables qui se sont produits ensuite. Les plus timides étaient exaspérées, et il me semblait vivre dans une atmosphère de folie. Du commencement à la fin, ne se sont-ils pas crus trompés?

Un jour, passant dans une rue du faubourg Saint-Antoine, j'entendis des cris, des vociférations, et je vis dans une cour une femme qui donnait des coups de pied à un garçon de quinze à seize ans, lequel, à ce que je compris, ne voulait pas marcher avec la Commune. « Grand fainéant que tu es ! lui disait-elle, si tu ne marches pas, j'irai te dénoncer. » C'était son fils!

Dans une maison, j'entendis une femme dénoncer le mari de sa voisine qui s'était caché, et j'ai appris de source certaine que même des femmes commettaient cet acte horrible vis-à-vis de leurs maris.

J'ai vu plus d'une fois passer sous mes fenêtres un bataillon de ces femmes en uniforme, mais faciles à reconnaître à leurs chignons, chantant *la Marseillaise* et huant les hommes qui ne portaient pas un fusil. Jour et nuit, nous entendions la canonnade et le roulement des mitrailleuses. L'oreille s'y accoutumait; mais ce qui me parut inconcevable et ne peut se voir que dans un Paris, c'est que la foire aux jambons eut lieu comme d'habitude à Pâques. J'avais le cœur serré en voyant à la Bastille, à la place du Trône, les jeux, les théâtres en plein vent, les divertissements de toutes sortes, tandis que nous voyions sans cesse ramener des blessés et que tout, autour de nous, n'était que mort et destruction.

Je continuais quand même mes visites dans les hôpitaux, tous les jours, de dix à cinq heures. J'oubliais tout au milieu de ces pauvres blessés, auxquels une parole de consolation, de relèvement faisait tant de bien. Il y avait parmi eux des soldats qui, après avoir été épargnés par les Prussiens, tombaient sous les coups de leurs frères, au moment où ils croyaient rentrer dans leur famille, pour se reposer de toutes leurs fatigues. Ceux-là m'inspiraient encore plus de compassion. J'écrivais sous leur dictée à leurs parents et plus d'une fois, hélas ! ce furent des lettres d'adieux ! D'autres me demandaient de leur apprendre à lire, afin de pouvoir eux-mêmes lire l'Evangile. Je distribuais beaucoup de traités et d'*almanachs des Bons Conseils*. Il m'arriva rarement de rencontrer des incrédules, du moins osant l'avouer hautement ; cependant j'en vis quelquefois ; il y en eut un, un jour, qui me dit en ricanant : « Je voudrais bien savoir comment est bâti votre Dieu et de quel bois il se chauffe par là-haut ? » Mais il eut bientôt la bouche fermée par ses camarades.

Les trois dernières semaines furent surtout pénibles. Chaque nuit nous apportait les mêmes terreurs, le tocsin, la générale, les cris d'alarme. Je dis nous, parce que j'avais reçu chez moi une dame de mes amies et sa fille, qui, après avoir passé onze jours dans une cave à Neuilly, avaient pu s'échapper. Hélas ! elles tombaient de Charybde en Scylla. Mais ce fut bien autre chose, quand nous apprîmes qu'on faisait des perquisitions dans toutes les maisons, pour arrêter les femmes des maris qui s'étaient sauvés. Nous vîmes, en face de notre maison, les insurgés fermer une petite boutique et emmener, entre deux haies de ces hommes armés, une jeune femme avec son enfant sur les bras, parce qu'ils n'avaient pas trouvé le mari. Et voulez-vous savoir où elles étaient conduites, ces pauvres victimes ? Dans la prison de Saint-Lazare ; là où toutes les femmes de mauvaise vie sont enfermées ! On avait donné la clef des champs à ces dernières. Il y en eut quelques-unes qui furent acceptées comme infirmières dans les ambulances, pour remplir ensuite le rôle de pétroleuses. Mon amie étant fort inquiète pour elle-même, parce que son mari était à Versailles, j'allai à l'ambassade suisse où l'on me donna un certificat attestant ma nationalité suisse et qui me mettait à l'abri de toute perquisition chez moi, et m'accordait même le droit d'arborer le drapeau fédéral à notre fenêtre.

Un matin, je vis un grand attroupement devant la mairie, et des jets de flamme et de fumée s'élever du milieu de cette troupe. Effrayée, je descendis, lorsque les cris de : « A bas la guillotine ! Mort aux Prussiens de Versailles ! » m'apprirent ce que c'était. Quelle dérision ! Tandis qu'à l'heure même des milliers d'hommes tombaient sous le feu des mitrailleuses, eux s'amusaient : ils brûlaient la guillotine ! Quelques jours plus tard, ces hommes féroces assassinaient leurs otages dans la prison !

Nous avions tout à fait le sentiment d'être sur un volcan, prêt à éclater, et je pus me convaincre que ce n'était pas sans raison en passant devant la mairie, à quelques pas de notre maison. Je vis qu'on établissait une mine dans un égoût dont l'entrée était gardée par des insurgés.

— Que fait-on ? demandai-je.

— Eh bien ! ne voyez-vous pas que c'est pour faire sauter le quartier, quand les Versaillais entreront.

Voyant mon effroi, ils ajoutèrent :

— Si vous avez peur, sauvez-vous !

Lorsque je racontai ce fait à quelques amis, ils me rassurèrent : « Soyez tranquille ; ils n'en viendront pas là : ils ont plus de langue que d'action. La preuve, c'est qu'ils n'ont pas fait sauter le fort d'Issy, comme ils l'avaient prédit. »

Cependant, rien n'était moins rassurant que leurs discours, surtout lorsqu'ils se virent perdus. J'assistai à leur club dans l'église Saint-Ambroise, qui est à cinq minutes de notre maison. C'était le 20 mai, à huit heures du soir. Les Versaillais étaient aux portes de Paris. Une foule immense remplissait l'église ; les femmes surtout y affluaient. (Hélas ! les hommes commençaient à devenir plus rares.) Un orateur en blouse monte en chaire ; d'un ton sinistre il s'écrie : « Le moment suprême est venu pour nous. Nous sommes décidés à mourir plutôt qu'à nous rendre. Mais, nous ne mourrons pas seuls : non, non ! Nous nous défendrons jusqu'à la mort, et nous ne leur laisserons que des ruines et des cadavres ! Femmes qui m'écoutez ! voulez-vous que vos enfants soient libres un jour ? Alors, combattez avec nous, courez aux barricades, incendiez, faites tout plutôt que de retomber entre les mains de....., etc. ! » Il termina par cet appel : « Que celles qui sont avec nous lèvent la main ! » Toutes les mains se levèrent et, d'un cœur et d'une voix, retentissent ces paroles : « A la mort ! à la mort ! » Au même instant les orgues jouèrent le *Chant du Départ ;* une voix de femme (sans doute une actrice) chantait les paroles et tous reprenaient en chœur : « Mourir pour la patrie, etc. »

Dans ce moment, j'eus comme le vertige ; je ne vis plus que des fous, des païens, allant se jeter sous le char de Jaggernaut ! Au milieu de ce tumulte, j'entendis en sortant un jeune homme nous dire avec sérieux : « Tout de même, moi, je crois qu'il y a un Dieu et, s'il entrait tout à coup ici, quelle panique ! pas un homme ne resterait dans l'église ! »

J'oubliais un détail : mon amie et moi, nous avions remarqué qu'un individu (un espion, sans doute) nous observait. Elle eut peur et se sauva. Je restai bravement.

Voyant que je ne levais pas la main comme les autres, il s'approche et me dit :

— Pourquoi n'êtes vous pas avec nous ?

— Parce que je n'ai pas du tout le désir de mourir encore, lui répondis-je naïvement.

Il sourit et s'en alla d'un autre côté.

Mon amie, complétement démoralisée, finit par me convaincre qu'il fallait à tout prix nous échapper de cet enfer. N'ayant aucune nouvelle de son mari réfugié à Versailles, elle voulut s'y rendre et me pria de l'accompagner.

Arrivées à Saint-Denis, c'était une cohue épouvantable de femmes, d'enfants, d'hommes déguisés : un sauve-qui-peut général. Nous trouvons enfin une carriole et nous voilà en route, faisant un détour immense, afin de ne pas être sous la pluie d'obus et de balles qui tombaient de tous les côtés. Béni soit Dieu, nous arrivons saines et sauves, après un trajet de six heures. Je vais demander l'hospitalité aux Ombrages, chez Mme A., qui me reçut avec sa bienveillance habituelle.

Quelques heures plus tard, dans la soirée, nous vîmes une lueur immense et des colonnes de feu s'élever à l'horizon. « Paris brûle ! Paris brûle ! » fut le cri d'épouvante que nous poussâmes. Quelle angoisse inexprimable en pensant à tous les amis renfermés dans cette malheureuse ville ! De ma chambre, je voyais parfaitement et j'entendais les explosions ; le ciel était en feu. « O Dieu ! sois apaisé envers nous ! » fut la seule prière de mon cœur durant cette première nuit. Le lendemain on nous dit : « Paris est sauvé ! » mais à quel prix ! nous ne pouvions pas nous en réjouir, car les incendies continuaient toujours et la fusillade était épouvantable. Enfin, nous eûmes quelques mots de M. G. M. — Parents et amis avaient été épargnés par le fléau destructeur ! Que d'actions de grâces pour toutes les délivrances accordées à ses enfants ! Nous n'avons eu à déplorer que deux cas de mort parmi nos amis chrétiens, pendant ces derniers jours si terribles : un jeune homme du faubourg du Temple, membre le plus actif de l'Union chrétienne à Belleville et le soutien de sa famille, qui avait été contraint, au dernier moment, de construire une barricade, et une évangéliste, Mme Pâris, qui travaillait parmi les chiffonniers, à Batignolles. Au moment où son frère soulevait un rideau de la fenêtre située au cinquième étage, et où elle s'approchait pour regarder, la troupe de Versailles, sur laquelle on venait de tirer de la maison voisine, riposta, et la même balle traversa de part en part le frère et la sœur. Quelle perte pour cette œuvre, qu'elle avait si bien comprise, et à laquelle elle s'était dévouée corps et âme !

Impatiente de rentrer à Paris, afin de savoir si notre maison existait encore, M. A. eut l'obligeance de me procurer un laisser-passer, et de me prendre sous sa protection, lui-même étant rappelé à sa mairie. Personne ne pouvait encore entrer ou sortir de la ville sans permission. Mais comment décrire ma tristesse à l'aspect de ces ruines fumantes? Partout des détonations. Je vis en passant les Tuileries, l'Hôtel-de-Ville, qui brûlaient encore. Les rues étaient désertes. A peine par ci par là un magasin ouvert. L'ordre me fut donné de marcher au milieu de la rue et non pas sur les trottoirs. Partout, les soupiraux des caves murés, des femmes arrêtées, des bandes de prisonniers conduits entre deux haies de soldats. La physionomie des premières ne témoignait aucune confusion. Ce qui me fit le plus d'impression, c'est l'odeur cadavérique qui s'exhalait des maisons écroulées. En arrivant au boulevard Voltaire, j'aperçus un groupe nombreux devant une maison effondrée. On pompait de l'air dans une cave. Je m'approche, j'entends des gémissements: soixante-cinq personnes ensevelies sous les décombres! Pendant qu'on déblayait pour arriver jusqu'à elles, on leur envoyait de l'air par un soupirail. Mon cœur battait violemment en approchant de la maison, mais, grâces à Dieu, je la retrouvai presque intacte: un seul éclat d'obus avait pénétré dans l'appartement.

Le lendemain, me rendant dans un hôpital, je traversai une rue dont on venait seulement d'enlever les cadavres, et dont les pavés étaient teints du sang de ces malheureux! Un jeune garçon balayait, nettoyait la rue avec la plus parfaite indifférence, tandis que je n'osais avancer sur le sol souillé. Je fus conduite d'une façon bien providentielle dans cet hôpital, car je n'y vais pas habituellement. Ce jour-là j'y fus appelée auprès d'un mourant, membre de notre église. Au moment de me retirer, on m'indique dans une autre salle un protestant auprès duquel je me rends. J'aperçois un jeune homme debout près de son lit, l'air morne et accablé, je lui demande :

— Qu'avez-vous et quel est votre nom ?

— Je m'appelle M. ; je suis de la Suisse, des environs d'Yverdon. J'ai servi malheureusement la Commune et mon sort, en partant d'ici, est d'être fusillé. Cela ne me fait rien de mourir, mais c'est pour mon père et ma mère : ils en mourront de chagrin.

Il m'assura avoir été poussé dans cette voie par des camarades et par le besoin. Ne fallait-il pas gagner de quoi vivre ? (La paie était de 1 fr. 50 par jour.) C'était pour ne pas mourir de faim.

— Avez-vous été amené dans cette maison comme blessé ?

— Non, mademoiselle, je suis tombé malade il y a une dizaine de jours, devant une barricade, et on m'a transporté ici.

Que faire ? Il fallait le sauver si possible. Immédiatement je me rends chez le directeur, lui exposant le cas de ce malheureux. Il me répondit que, tant que les perquisitions n'étaient pas faites, il n'avait reçu l'ordre de garder que les blessés. Je n'en demandai pas davantage. Je lui procurai tout de suite un costume civil ; le lendemain, à huit heures, il demanda sa sortie au médecin, et voilà mon jeune M. hors de l'hôpital ! Une heure plus tard, les agents de la police y entraient et arrêtaient tous ceux qui avaient pris part à l'insurrection ! On peut dire que c'est un tison arraché du feu.... Je l'envoyai chez l'ambassadeur suisse, qui lui fit une verte réprimande, tout en lui donnant un passe-port et de quoi payer son voyage. Il partit le même jour et j'ai reçu de lui une lettre, datée de chez ses parents, où il m'exprime toute sa joie et sa reconnaissance. On aurait voulu pouvoir en sauver beaucoup de ces malheureux, car les représailles ont été terribles : le moins coupable a souvent été puni pour celui qui l'était le plus. En voici un exemple : Je connaissais un brave homme, commissionnaire dans notre quartier, que je voyais régulièrement tous les matins à sa place habituelle, qui n'a jamais fait partie de la garde nationale et n'a, par conséquent, jamais pris les armes. Voulant aller rejoindre sa femme qui s'était sauvée dans un autre quartier, il est arrêté par une bande de soldats, lui et l'un de ses enfants, âgé de six ans. Il proteste en vain de son innocence. « Qu'on les fusille ! Qu'on les fusille ! » fut la seule réponse. Le pauvre père, s'oubliant lui-même, supplie avec larmes que la vie de son enfant soit épargnée. Le commandant lui demande alors l'adresse de sa femme, en lui promettant de renvoyer tout de suite le pauvre petit. Le père, presque heureux, embrasse son enfant. « Tiens, lui dit-il, c'est le dernier baiser que j'envoie à ta mère ; fais-lui mes adieux ; dis-lui qu'elle ne me reverra plus, plus jamais ! » Cette pauvre femme, que je connais, reste seule avec trois enfants.

Dans ces événements déplorables, chacun a pu reconnaître et toucher comme du doigt les terribles conséquences de l'usage de la *liberté mal comprise*, c'est-à-dire, de cette liberté fausse et licencieuse qui, méprisant les vrais droits de l'homme, foule aux pieds les devoirs les plus sacrés, et ne reconnaît d'autre Dieu que la *matière !*....

Ces malheureux, entraînés par une passion aveugle, à la poursuite de l'ombre trompeuse d'un bien réel, ont tout sacrifié à leur idole, et sont allés dans leur enthousiasme fanatique, jusqu'à lui donner leur sang et celui de leurs enfants! Ils se sont bien ainsi montrés semblables à ces « hommes ignorants et dépourvus de sens » dont parle l'apôtre Pierre (1re Ep. II, 15). — Oh ! quels maux affreux auraient été épargnés à ce pauvre peuple, s'il avait mieux connu et pratiqué cette définition de la *vraie liberté*, tracée par une plume inspirée : « Soyez libres, non pas comme ayant la liberté pour servir de voile à la méchanceté, mais comme serviteurs de Dieu ! » (1 Pier. II, 16.) Un abîme sépare cette liberté sainte de celle que Paris coiffait d'un *bonnet rouge,* et au nom de laquelle des concitoyens s'entretuaient !

Mais, puisque c'est par ignorance de la vérité, par oubli de la loi morale, qu'une partie de la nation française est tombée dans de tels égarements, n'est-ce pas un devoir urgent, pour ceux qui s'intéressent à elle, qui désirent son relèvement moral et spirituel, de s'efforcer de la ramener aux sources éternelles du bien et du vrai, en lui faisant connaître cette Parole divine qui a été donnée aux peuples, comme aux individus, pour être « une lampe à leurs pieds et une lumière à leurs sentiers » à travers les âges? Parmi les effets admirables produits de nos jours par cette Parole révélée, je me bornerai à signaler un seul exemple, savoir la conduite des femmes à Paris, durant les derniers troubles. — Quel contraste ! — D'un côté, voici des bandes d'amazones armées, échevelées, furibondes, le blasphême à la bouche, excitant les hommes au carnage et propageant partout l'incendie... Qui sont ces malheureuses? Hélas! des femmes abusées et ignorantes, privées de la connaissance de l'Evangile et de son influence sanctifiante. Ainsi se recueillent les fruits dont la superstition et l'incrédulité ont jeté le germe dans les cœurs !...

Ailleurs, pour la consolation et l'honneur de l'humanité, voyez à l'œuvre ces autres femmes, dont la charité décuple les forces, mettant autant de zèle à réparer les brèches, que les premières à les faire. Sans cesse elles s'occupent à sécher les larmes des affligés, à recueillir les délaissés, à vêtir les veuves et les orphelins, à nourrir les affamés, ou bien à soigner les pauvres blessés dans les ambulances et les hôpitaux, se tenant nuit et jour au chevet de ces lits de douleur, pour soulager les maux du corps, relever, encourager les abattus, par les bonnes promesses de l'Evangile, et adoucir l'agonie des mourants en leur parlant du Sauveur !...

Certes, il y a eu là des exemples de courage moral, de

dévouement, de sympathie et de charité vraiment admirables ! Et pourquoi ces femmes agissaient-elles ainsi ? Parce qu'elles étaient *chrétiennes* et que leur foi produisait ses fruits bénis. Elles ont montré ce dont elles sont capables lorsqu'elles obéissent à l'Evangile et le prennent pour leur bannière ! Maintenant que cette affreuse crise est terminée, ne faudrait-il pas profiter de ce moment de répit et de l'expérience acquise, pour s'approcher de cette classe de femmes ignorantes, la Bible à la main et la pitié au cœur, pour essayer de les relever de leur dégradation, de dissiper leurs ténèbres et de les amener à la source du vrai bonheur ? Cette pensée m'a vivement saisie, lorsqu'au sortir de cet enfer de passions humaines déchaînées, je me suis retrouvée sur le sol libre et paisible de ma patrie !... Ici (du moins en général), les populations éclairées par les enseignements de la Bible, ont compris le vrai sens du mot de liberté, respectant les droits d'autrui, étant soumis aux lois, et remplissant en conscience leurs devoirs de citoyens d'une république, à la prospérité de laquelle chacun est appelé à concourir. Ici, sur ces vertes pelouses où paissent de tranquilles troupeaux, je puis errer à mon gré, sans avoir à craindre la rencontre d'hommes et de femmes plus farouches que des bêtes sauvages, ni les explosions d'obus ou de projectiles meurtriers. — Quelle douce vie de repos ! — Il y a quelques semaines, j'ai éprouvé surtout un vrai bonheur en assistant à cette belle fête de Sainte-Croix où, sous le dôme du ciel bleu et des verts sapins, une foule recueillie chantait les louanges de Dieu et se nourrissait du pain de vie. Il me semblait être à la porte des Cieux ! Le contraste entre cette scène bénie et celles dont je venais d'être témoin était inexprimable ! Oui, Seigneur ! ton Evangile est puissant et il a vraiment les promesses de la *vie présente* aussi bien que de celle qui est *à venir !*

Pour terminer ce récit, je transcrirai encore une petite poésie écrite sous les murs de Paris, par un jeune soldat de l'armée de Versailles, membre d'une église évangélique de la capitale.

A MA SŒUR AUGUSTINE C***

Quoique le printemps renouvelle
La riche parure des bois,
La timide et douce hirondelle
Ne reparaît pas sur nos toits.

L'oisillon déserte la plaine,
Point de chantres dans les buissons;
Sur les bords riants de la Seine,
Plus de plaisirs, plus de chansons!

Tout présente cet aspect morne
D'un pays meurtri, désolé,
Et l'horizon, jadis sans borne,
A nos yeux surpris s'est voilé.

Qui peut révéler ce mystère?
Est-ce un châtiment du Dieu fort?
Satan descend-il sur la terre,
Apportant avec lui la mort?

Pourquoi ces soldats et ces armes,
Funèbre appareil du malheur ?
Pourquoi ces cris ? pourquoi ces larmes ?
Pourquoi partout cette douleur ?

C'est que, par des courants contraires
Emportés, mais non sans retour,
Des frères combattent leurs frères ;
La haine a remplacé l'amour.

C'est que Paris, la toute belle,
Au cœur souvent trop généreux,
Défend la cause du rebelle
Qui réclame un droit ténébreux ;

Que déjà des hommes sans nombre,
Des citoyens et des soldats,
Loin des leurs, ont trouvé dans l'ombre
La mort : triste prix des combats !

Et nous, jouets de la bataille,
Nous que le sort a compromis,
Nous faisons jaillir la mitraille
Sur nos parents et nos amis !

Quand s'arrêteront ces épreuves ?
Français, n'êtes-vous plus humains ;
Est-il assez de pauvres veuves ?
Entendez-vous ces orphelins ?

A l'amour que chacun concède
Ce qui pourrait nous désunir !
Qu'au droit sacré tout abus cède.
Sachons absoudre et non punir !!!

Allons ! le travail nous réclame,
Soyons tous frères désormais ;
N'ayons plus qu'un cœur et qu'une âme,
Donnons-nous un baiser de paix !

Saint-Cloud. (Campé sous la lanterne de Démosthène). 24 avril 1871.

www.ingramcontent.com/pod-product-compliance
Ingram Content Group UK Ltd.
Pitfield, Milton Keynes, MK11 3LW, UK
UKHW020406250726
13967UKWH00006B/2487

9 782013 02922